CUENTO DE LUZ

Los despistes del abuelo Pedro

© 2012 del texto: Marta Zafrilla
© 2012 de las ilustraciones: Miguel Ángel Díez
© 2012 Cuento de Luz SL
   Calle Claveles 10 | Urb Monteclaro | Pozuelo de Alarcón | 28223 Madrid | España | www.cuentodeluz.com

ISBN: 978-84-15241-09-6

Impreso en PRC por Shanghai Chenxi Printing Co., Ltd., febrero 2012, tirada número 1256-15

FSC
www.fsc.org
MIXTO
Papel procedente de
fuentes responsables
FSC® C007923

Los despistes del abuelo Pedro

Texto

Marta Zafrilla

Ilustraciones

Miguel Ángel Díez

Cualquiera dirá que empezar a contar una historia es fácil, pero no lo es. Ni mucho menos. Además, yo no quiero hacer la típica presentación de: «Hola, amigos, me llamo Óscar, tengo 7 años y soy hijo único». No, yo quisiera hacer algo más original.

Pero no se me ocurre nada mejor,
así que os diré sencillamente:

Hola, amigos. Me llamo Óscar,
tengo 7 años y soy hijo único.

¿Veis? Uno intenta ir al grano, decir las cosas claras y acaba por no ser exacto. Mi nombre en realidad es José Óscar, pero todos me dicen simplemente Óscar. Tampoco tengo solo 7 años, sino 7 años, 2 meses y diez días. Y desde hace 3 meses y medio he dejado de ser hijo único.

Y no, no es porque ahora tenga
un hermano llorón, meón y cagón, no;
es que el abuelo Pedro
ha venido a vivir con nosotros.

Ya, ya lo sé, un abuelo
no es como un hermano,
pero ya veréis por qué lo digo.
Mi abuelo está malito y
en muchas cosas que hace y dice
es casi como un niño pequeño.

Pero no adelantemos acontecimientos,
lo que deberíamos hacer es empezar por el…

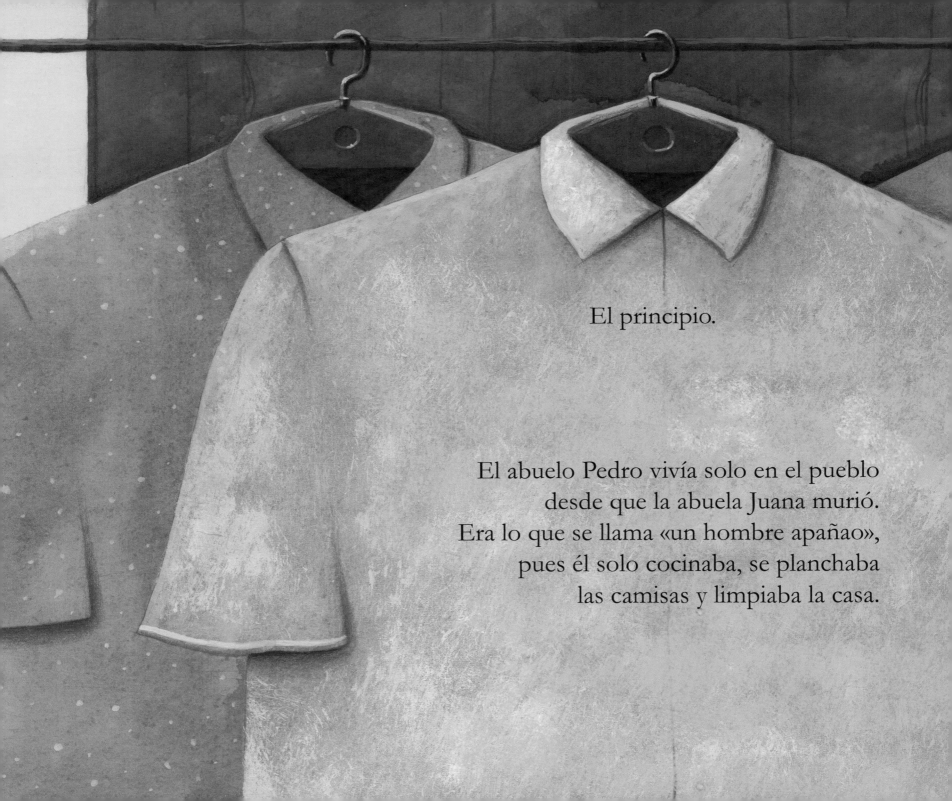

El principio.

El abuelo Pedro vivía solo en el pueblo
desde que la abuela Juana murió.
Era lo que se llama «un hombre apañao»,
pues él solo cocinaba, se planchaba
las camisas y limpiaba la casa.

Hasta que un día tío Andrés descubrió
que en una sola semana el abuelo
había metido un pollo en la lavadora,
asado un jersey y planchado un lenguado,
¡y no precisamente en la sartén!

Mamá primero pensó que todo aquello era
para llamar nuestra atención y fuéramos más a visitarlo,
pero cuando un día llamó la policía para decir
que el abuelo estaba intentando abrir
con las llaves del buzón un ciprés, se preocupó de veras.
El abuelo estaba enfermo y necesitaba nuestra ayuda.

Como mi tío Andrés se pasa el día viajando, el abuelo
vino a vivir con nosotros ya que podríamos cuidarle y
acompañarle mucho mejor. El despacho de papá pasó a
convertirse en el cuarto del abuelo y pronto el olor a
lavanda y las mantas de cuadros sustituyeron las
estanterías, los libros y los archivadores de papá.

Lo cierto es que nuestros horarios encajan a la perfección
porque cuando mamá y yo estamos en el cole,
papá cuida al abuelo y cuando él se va a trabajar
ya estamos nosotros en casa. Así el abuelo nunca está solo.

Pero claro, no podemos estar siempre pendientes
y, aunque dejemos la puerta abierta cuando vamos al baño,
a veces el abuelo hace de las suyas.

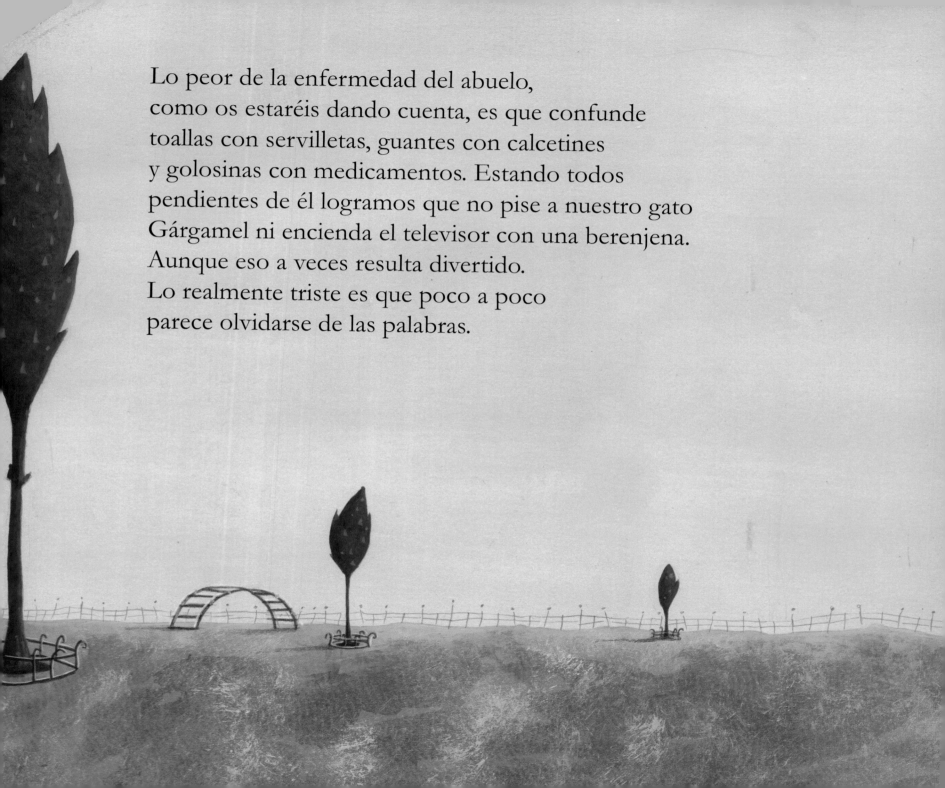

Lo peor de la enfermedad del abuelo,
como os estaréis dando cuenta, es que confunde
toallas con servilletas, guantes con calcetines
y golosinas con medicamentos. Estando todos
pendientes de él logramos que no pise a nuestro gato
Gárgamel ni encienda el televisor con una berenjena.
Aunque eso a veces resulta divertido.
Lo realmente triste es que poco a poco
parece olvidarse de las palabras.

Al principio creí que era culpa mía pues,
pensé que él las olvidaba para que las aprendiera yo.
Pero mamá me explicó que eso era imposible,
que las olvidaba y punto y que yo no tenía nada que ver.

Óscar con el abuelo Pedro y la abuela Juana.

El médico dice que para ejercitar la memoria
es bueno leer todos los días el periódico,
ver antiguos álbumes de fotos y hacer sumas y restas.
Todas las tardes el abuelo me ayuda con mis deberes
y después yo le ayudo con los suyos. Así yo aprendo
y él recuerda.

Cada tarde vemos fotos de cuando mamá era una niña,
fotos del abuelo de joven, de la tía Carmen,
de la prima María Teresa, del primo Pedro, de Irene,
de Judith, de Almudena, de Miguel… Él va repitiendo
los nombres de todos los rostros y ya he acabado
memorizándolos también.

Para remediar los olvidos de mi abuelo
un día que mamá fue al médico llené la casa
de cartelillos con el nombre de las cosas.
Primero etiqueté las palabras con «s»:
silla, sillón, suelo, sombrero, salero,
suéter, sandalia… Después las palabras
que comienzan con «c»: camisa, comedor,
cocina, coche, correa, cesta, cerrojo, cuarto de baño…

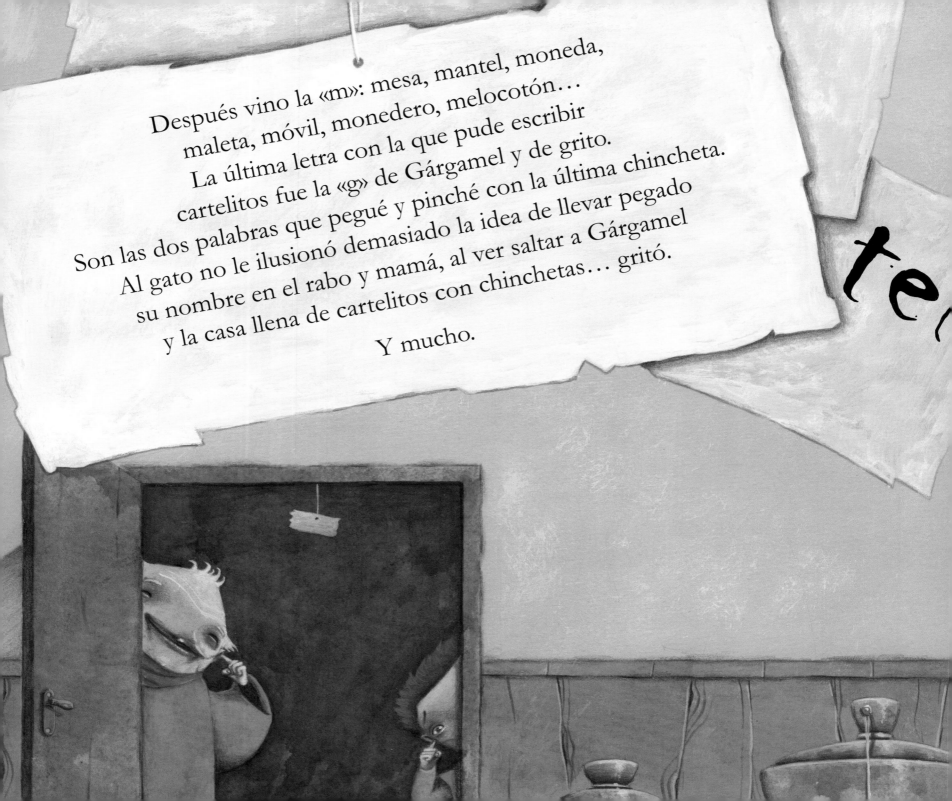

Después vino la «m»: mesa, mantel, moneda,
maleta, móvil, monedero, melocotón…
La última letra con la que pude escribir
cartelitos fue la «g» de Gárgamel y de grito.

Son las dos palabras que pegué y pinché con la última chincheta.
Al gato no le ilusionó demasiado la idea de llevar pegado
su nombre en el rabo y mamá, al ver saltar a Gárgamel
y la casa llena de cartelitos con chinchetas… gritó.

Y mucho.

Por suerte papá me excusó diciendo que, aunque eso de agujerear la casa no era la mejor idea del mundo, había intentado ayudar al abuelo.

Como me quedé sin tele y tuve
que juntar todos los cartelitos de la casa,
guardé las chinchetas y coloqué las
palabras en un álbum vacío. Al día siguiente
le regalé al abuelo su primer álbum de palabras,
un diccionario en miniatura
con las palabras de nuestra casa.

El abuelo no mejora. Cada día se acuerda
de menos nombres y de menos cosas.
Ayer no me reconoció, o eso creo yo,
porque en vez de Óscar empezó a llamarme calabaza.
¡Ni que yo tuviera la cabeza tan gorda!
Nosotros cada tarde seguimos haciendo nuestros ejercicios.
Esta semana le estoy haciendo un álbum
con las provincias de la Península y sus ciudades.
Así yo repaso lo que aprendo en clase y el abuelo
ejercita su memoria.

¿Vosotros hacéis también álbumes con todo lo que
vais aprendiendo? ¡Os lo recomiendo!

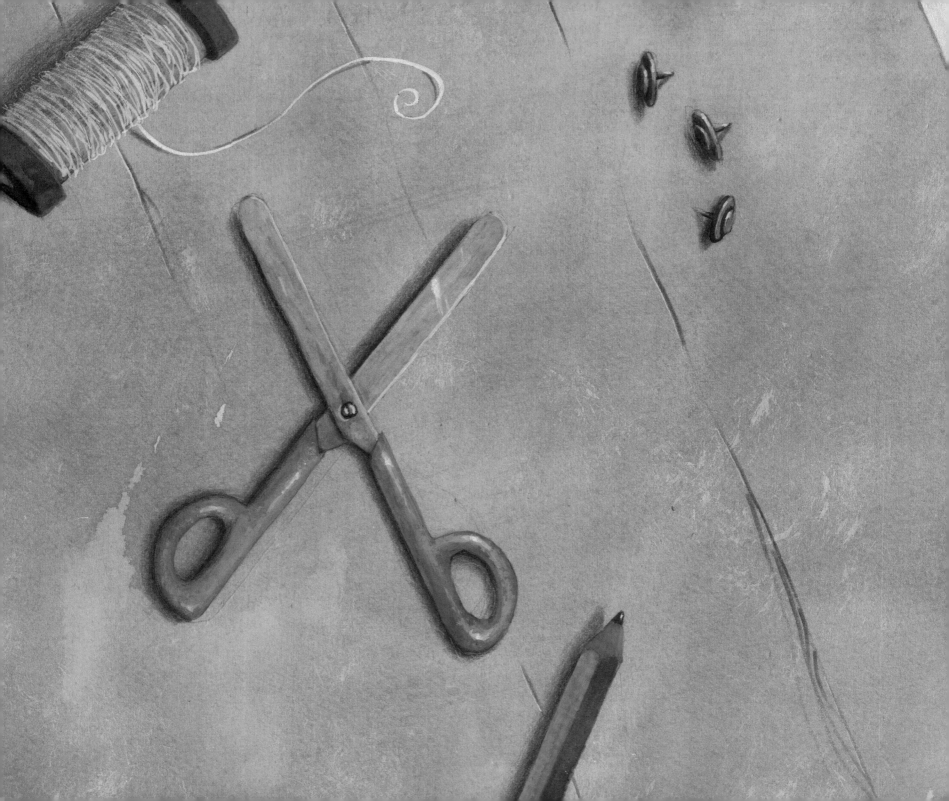